在诗的王国里

◎王勇平 著

线装书局

图书在版编目（CIP）数据

在诗的王国里 / 王勇平著. -- 北京 ：线装书局，
2013.4
　　ISBN 978-7-5120-0937-0

　　Ⅰ. ①在… Ⅱ. ①王… Ⅲ. ①诗集－中国－当代
Ⅳ. ①I227

中国版本图书馆CIP数据核字(2013)第082692号

在诗的王国里

作　　者：王勇平
责任编辑：曹胜利
封面题字：李　铎
摄　　影：王勇平　王　楠
装帧设计：王文龙　白　晨
出版发行：线装书局
　　　　　地　　址：北京市西城区鼓楼西大街41号（100009）
　　　　　电　　话：010-64045283
　　　　　网　　址：www.xzhbc.com
经　　销：新华书店
印　　制：北京华正印刷有限公司
开　　本：787mm×1092mm　1 / 16
印　　张：10.5
字　　数：96千字
版　　次：2013年5月第1版第1次印刷

定　　价：38.00元

作者近照（张建设 摄）

作者介绍

　　王勇平，现供职于波兰，为铁路合作组织中方委员，铁路合作组织委员会副主席。系中国作家协会会员、中国书法家协会理事，曾出版多部诗集、散文集。

目 录

001 / 红地毯

003 / 回望

005 / 因为有爱

008 / 维斯瓦河畔

011 / 寻找熟悉的波浪

014 / 华沙古城

017 / 青石路

019 / 美人鱼

022 / 华沙起义

026 / 扎科帕内小镇

028 / 卖奶酪的老太

030 / 海眼

032 / 信任

034 / 马车夫的故事

037 / 攀喀斯普罗威雪峰

039 / 无名烈士墓

041 / 聋哑恋人

043 / 姊妹城

045 / 斜塔

047 / 城堡废墟

049 / 那幢小阁楼

051 / 低下高贵的头

053 / 插满十字架的车皮

056 / 犹太区英雄纪念碑前

058 / 科学文化宫

060 / 水上王宫

062 / 梅希莱维茨基宫

064 / 瓦维尔山

067 / 传说中的克拉科夫

070 / 永恒的小号曲

073 / 城墙与画廊

075 / 华沙街头的汉字

077 / 冰雪中的罗布林

080 / 思念远方

083 / 视频中的母亲

086 / 冰河上有只海鸥

088 / 冰排

090 / 琥珀的传说

093 / 西普拉特半岛

097 / 索波特海滨栈桥

100 / 春天到了

102 / 春到白桦林

104 / 2012·清明

106 / 弗罗茨瓦夫

109 / 没有星光的夜空

112 / 小战士

115 / 布拉格的子夜

117 / 我们的肖邦

120 / 最后的骑兵

123 / 尼泊伦特湖上的风帆

125 / 居里夫人故居

127 / 古都波兹兰

130 / 摇篮

133 / 永恒的心

135 / 中秋月夜

137 / 森林的秋季

141 / 黑圣母

146 / 白鹰

149 / 在诗的王国里

153 / 徜徉在诗的国度

红地毯

偌大的红地毯
红于二月的花
红于夕照的云
霜叶铺满地
异国隆重的欢迎
激我心潮起伏
令我脚步凝重

惜别滋养我的土地
那个早晨，秋风在扬尘
扬尘的秋也是我的秋
登机前，抓一把秋的风
让它始终陪伴我
漫长而孤寂的旅程

我的手久久不松
风在手中和心中嘶鸣
凑在指缝边闻了又闻
有一丝惆怅
有一股温馨
有一种血性

我的爱渗得太深
吹落的孤叶

在天边飘零

落在彼国的红地毯上
扯不断，那扬尘的早晨
如叶子脱离树枝的一瞬
是那样的刻骨铭心

2011年10月17日 于华沙

回　望

已是暮色苍茫
落霞压低了孤鹜的翅膀
飞机徐徐下降
放下了，我惊悸的心房

拨开轻纱，我转身回望
又见别时闪烁的泪光
从此啊，我就成了游子
声声呼唤，已是遥远的回响

这里有条维斯瓦河
波兰的母亲河
连着我梦中的黄河长江
千里奔泻的激流
一直淌入我的心房

这里有座喀尔巴阡山
波兰的民族脊梁
挽着我情中的三山五岳
遍山呼啸的林涛
阵阵鼓荡我的胸腔

东望家门，灯依旧明亮
西游客栈，打开了棂窗

隔岸看花，花开花落
长空望云，云聚云散

生活永远不会冷却
只要心里装着太阳
苦涩的咖啡是另一种芳香
何况，可以加入甜甜的方糖

2011年10月19日于华沙

因为有爱

　　华沙是波兰的首都和商业中心，位于波兰中部，维斯瓦河岸边。相传最早是一个叫华尔的男青年和一个叫沙娃的女青年来到这里。

有个小伙叫华尔
有个姑娘叫沙娃
维斯瓦河畔是他们的家
一个家繁衍一座城
一段情孕育永远的童话

那时他们很清苦
因为有爱，清苦不可怕
爱充盈了生命的富有
他们的名是一座拆不开的城垣
——这座城市很繁华

那时他们很孤寂
因为有爱，孤寂不可怕
爱滋润了生命的勃发
华沙的女人天生丽质
华沙的男人威武挺拔

那时他们很单调
因为有爱，单调不可怕

爱激荡了生命的乐章
玛丽的镭光照亮海角
肖邦的音符传遍天涯

那时他们很柔弱
因为有爱，柔弱不可怕
爱鼓舞了生命的浩气
暴风骤雨终究过去了
太阳亲吻着强盛的葵花

华沙在爱的怀抱里绵延
华沙在爱的歌谣里升华
在鸽子旋舞的这座城里
每个小伙都叫华尔
每个姑娘都叫沙娃

2011年10月20日于华沙

维斯瓦河畔

维斯瓦河是欧洲唯一超过一千公里
而未经人工治理的大河，被波兰人民称为
"母亲河"。

你还不认识我
维斯瓦河
在你美丽的河畔
我放下沉重的行囊
让游荡的心灵舟船
在这里停泊

我来自东方古国
向你递交
准备了几千年的包裹
我带来了
李杜的诗
苏辛的词
屈原的歌
我带来了
杜康的酒
陆羽的茶
梁祝的传说
我带来了
黄山的松果
南海的贝壳

井冈的花朵
请签收
我带来的一切
连同着我

维斯瓦河
波兰文明的摇篮
波兰民族的依托
你养育的儿女
勇敢而善良
你浇灌的土地
广袤而肥沃
你昨日的泪水
苦涩而酸楚
你今天的面容
洋溢着诱人的笑窝
你酿出的伏特加
让我激情如火
你甜腻的奶酪
将我感官激活
经你亿万年的洗涤打磨
那滴松树的眼泪
成为装饰我爱人的琥珀

维斯瓦河
直流天落
横卧巍峨

从此，我将在你身边生活
在你身边劳作
在你身边思索
在你身边哟
飞扬我滚烫的情愫
我是友谊的信使
一如掠过河面的飞鸽
你万古不废的河水
在我心头悠悠流过
便孕成诗
便育成歌
便把我心中的诗歌
寄回我的祖国

此刻，维斯瓦河
我把你深深地揽在怀里
连同你的江枫、渔火

2011年10月21日于华沙

寻找熟悉的波浪

维斯瓦河弯曲悠长
你从何方流来
你将流向何方
我只知道眼前这片河水
流进我躁动的心房
河水渗入阳光的体温
河水漂荡花草的芬芳
河水滋养着神圣的美人鱼
我沾着满身的风尘
在异国的河边徜徉

维斯瓦河日夜流淌
你从何年发源
你会何时断航
我只知道眼前这片河水
陪伴我漂泊的时光
河水积淀沉重的记忆
河水掺入怀想的琼浆
河水的韵律哗哗作响
我思维的翅膀
在千里涌流上飞翔

维斯瓦河粼光荡漾
你在何处曲折

你在何处奔放
我只知道眼前这片河水
牵挂我多情的衷肠
河水连接我少年的湘江
河水汇合我青年的珠江
河水携挽我中年的御河绕城墙
我迷离的双眼，在异乡
找寻记忆中熟悉的波浪

2011年10月22日于华沙

华沙古城

　　华沙古城于1281年开始兴建，二战时期遭到德国法西斯有计划的破坏，战后波兰人民按旧貌重建古城。

在这里寻幽探古
我看到一个古老的民族
那个教堂的顶层
光耀着慈悲的圣母
那段城堡的围墙
裸露出蛮荒的泥土
记不清哪个艺术大师
设计出如诗如画的蓝图
查不出哪些能工巧匠
营造出若情若梦的宝库
十三世纪的哥特式建筑
在东欧大地上惊世骇俗
虔诚的信徒背负起十字架
朝圣显贵的瓦萨王朝国都

在这里寻幽探古
我看到了一个不幸的民族
宁静的家园密布着战云
古老的城堡笼罩着铅幕
数万名铁骑踏出惊惶的节拍
几千个爆破炸出恐怖的蘑菇

屠城计划"完美"推进
法西斯官兵举杯庆祝
一场掠夺，一场毁灭
一座孤城，一座坟墓
埋下一度辉煌的文明
埋下七十万市民的尸骨
广场上留下齐格蒙特石柱
石柱上刻下一个民族的耻辱

在这里寻幽探古
我看到一个倔强的民族
幸存者开始战后重建
废墟上响彻"我们不会屈服"
现实的城堡可以坍塌
精神的大厦岂能虚无
旧貌复原惟妙惟肖
不死的灵魂在飞舞
穿黑袍的牧师为生命祈福
晚风中的钟声为逝者超度
屠夫的后人在这里忏悔
漂泊的艺人打开了乐谱
古城常有一簇簇鲜花
和泪光闪闪的蜡烛

2011年10月25日于华沙

青石路

　　华沙老城市广场地面全由青石铺就，
周围布满宫殿、教堂、城堡等建筑，是旅
游休闲的理想场所。

青石扩得如此宽广
青石拉得如此狭长
我踏在青石路上
搅碎了月亮洒下的幽光

我走过扎姆克约广场
品味咖啡苦涩的芳香
我走过圣约翰教堂
唱诗班歌声在耳边回荡

在亚当文学博物馆里
我感悟诗人梦幻的浪漫
在华沙王宫城堡画廊
我捕捉画家闪电般的灵感

我欢快青石路上恋人的欢快
我安详青石路上老人的安详
驰过一辆古色古香的马车
嗒嗒的马蹄踏出历史的回响

仿佛看到坦克的履带碾过

像蹂躏母亲圣洁的胸膛
每座建筑都被战火焚毁
每块青石都遭屠刀劫创

废墟上早已复原战前旧貌
青石路有成群的鸽子徜徉
石缝中血泪已冲刷干净
岁月抹平民族的苦难创伤

在青石路上感应万物的灵魂
乱发和思维在任性飘扬
我相信这座城市有青石的性格
必要时所有的青石都会飞起
投掷践踏文明的野蛮

2011年10月27日于华沙

美人鱼

　　手执剑和盾的美人鱼是华沙市徽。华沙有两座美人鱼雕塑，分别坐落在维斯瓦河岸边和老城广场中心。

蓝天下
河岸旁
这永恒的姿势
让天地震撼

早醒的太阳
把你的秀发镀黄
绽放的花朵
把你的铠甲染香

那张美丽的脸
透出无畏的勇敢
那颗善良的心
显现不屈的坚强

没了那份幽怨
少了那份忧伤
安徒生的那个童话
需要重新构想

一手高擎着剑

剑锋透着寒光
一手紧握着盾
盾牌固若金汤

华沙美人鱼
激越苍凉
荡啸云霄的浩气
丰富战争美学内涵

于是，我想起了赵一曼
于是，我想起了八女投江
没有尊严岂能苟活
面对侮辱，以命相抗

美人鱼啊，我还是希望
放下剑和盾
走下神坛
游回你自由自在的海洋

2011年10月28日于华沙

华沙起义

　　1944年8月1日，华沙爆发了向德国
侵略军进攻的大起义，整个起义持续了63
天，后归于失败。

华沙，1944年8月1日
历史用不同的方式铭记

大半个世纪过去
提起这个日子
大地仍战栗
睡梦也惊悸
悲壮的抗争
惨烈的搏击
一个积弱的民族
用最大的牺牲
换回最基本的权利
不愿做任人宰割的奴隶

起义，担起沉重的道义
起义，力挽衰落的正义

力量无法对比
成功微乎其微
有人隔岸观火
有人火中取栗

全然不顾了
祖国需要儿女战斗
自由需要拼尽全力

这个时期
我的民族也在驱赶倭寇
我的同胞也在绝地奋起
最后的吼声
若惊雷，声震天地

我能理解啊
冲向敌阵的波兰飞行员
为何舍得恋人的柔情和美丽
我能理解啊
送儿战斗的波兰母亲
为何诀别时没有一丝迟疑

那场起义，坚持了63天
63天， 18万起义军民慷慨殉国
每天平均牺牲数字是2857
当最后一个战士倒下
这座城市已奄奄一息

谁说起义没有胜利
谁说邪恶压倒正气
他们的鲜血
染红了民族战旗

他们的生命
占领了精神高地

比生命还重要
是祖国的独立
比钢铁还坚硬
是战士的躯体
这是一个民族的宣言
这是万古不灭的至理

战火的硝烟早已散去
华沙上空风和日丽
不要说起义者长眠地下
街头上，战士冲锋的雕塑
巍然屹立

我看到了，众志成城
我看到了，前仆后继

2011年10月29日于华沙

扎科帕内小镇

扎科帕内是波兰最南部的城市,也是波兰最高的山城。为全国冬季体育运动和登山活动中心。1913-1915年,列宁曾在此居住。

我有了到扎科帕内的理由
寻觅列宁曾在这里会心的微笑

已是深秋满地落叶
山林精气在小镇缥缈
木屋装满了梦幻童话
小溪闹出诗意般喧嚣

老鹰飞得比鸡还低
松鼠在草地上蹦蹦跳跳
马蹄敲击大地键盘
弹奏古老而清新的歌谣

女郎在T型街道走秀
小贩吆喝推销奶酪热狗
流浪者的吉他充满忧伤
摄影者把风情收入镜头

现在还不是滑雪季节
只能在商铺欣赏各样雪橇
街头在表演攀岩蹦极

平静的日子偏爱惊险一跳

这里常有野熊出没
精美的皮毛格外走俏
挂着响当当的名牌
亮出硬邦邦的商标

列宁可曾买过皮袄
不然，他怎能熬过严酷的寒宵

2011年10月30日于扎科帕内

卖奶酪的老太

　　扎科帕内街边，有一古稀老太兜售奶酪，无人问津，夜深不归。虽不食奶酪，亦买之。

小镇飞红流彩
飘荡着男欢女爱
颓堀的墙角有道眼光
蜷曲着一位老太

守望着狭窄的摊台
透出几许无奈
台上的奶酪还有热度
没有客人前来购买

漫长的冬天需要咸菜
寒冷的夜晚需要劈柴
如果有点酒那会更好
这都指望奶酪换来

夜幕将四周笼盖
街上脚步依稀徘徊
脸上的微笑已经凝固
无望中仍在等待

想起了我远方的母亲

心潮顿时汹涌澎湃

2011年10月30日 于扎科帕内

海　眼

　　海眼是波兰南部城市扎科帕内一处海
拔 1395 米的天然湖，是塔特拉山脉中面积
最大的湖泊。

这海的眼睛
是这样的神秘
虽有秋水若眼
不知海在哪里

这海的眼睛
是这样的离奇
只缘与天同色
才有海的含义

这海的眼睛
是这样的艳丽
秋水频频顾盼
招来群峰涌起

这海的眼睛
是这样的深邃
水下情深似海
水面不生涟漪

这海的眼睛

是这样的迷离
无数欲爱的渴望
流进哗哗的小溪

啊，朦胧中有双眼睛
搅我心碎心醉
悄然回首
见伊人，宛在梦里

2011年10月30日于扎科帕内

信　任

　　在攀登喀斯普罗威雪峰途中，一个小
孩放心地睡在父亲的肩头上。

喀斯普罗威的黄昏
落日投下壮丽的剪影
年轻的父亲驮着幼儿
一步一步，沉稳地移向峰顶

冰冻的山险崎岖陡峻
谷底发出暴戾的狂风
父亲向孩子讲授第一课
在严酷环境中快乐生存

小男孩的眸子湛蓝晶莹
静静地打量大自然奇景
偶尔，觉得有些倦意
放心地在父亲肩头打盹

父亲的肩是一艘游艇
儿子的世界风平浪静
父亲的肩是一个摇篮
儿子的世界无限温馨

这是完全的信任
这是彻底的放松

父子的心，早有灵犀
既然给了生命
就可托付生命

2011年10月30日于扎科帕内

马车夫的故事

　　游罢海眼，乘马车下山，听马车夫讲关于海眼的故事。

双辕马车在密林中穿行
搅和了幽谷一片寂静
马儿亲昵地蹚着舞步
伴随马车夫苍凉的声音

马儿的舞步
跳出了多少喜怒哀乐
马车夫的故事
飘过多少春夏秋冬
一拨拨坐车人看得着迷
一拨拨来访者听得入神

相传很久很久以前
有对恋人
相亲相爱
私订终身
姑娘爱财的父亲
横加干涉
因为小伙子太穷
波兰版的牛郎织女
躲进了深山老林

蝴蝶为他们恣意娉婷
溪流为他们欢快弹琴
山花在晨曦中绽放笑脸
孔雀在星光下飘逸开屏

美好的时光总是伴随厄运
凶暴的族人嗅到了踪影
小伙子被永久囚禁
岩石的性格还原成岩石
姑娘的泪水，如泉涌
长流不尽

泪眼化作海眼
滋润岩石灵魂
千古厮守，他们不再分开
从此，有情人常来这里
海誓山盟

马车夫讲完海眼的故事
马车上载满了疼痛
一片落叶随风抚到我的脸上
好似心上人
温柔的吻

2011年10月31日于扎科帕内

攀喀斯普罗威雪峰

喀斯普罗威雪峰，位于波兰南部扎科帕内市附近，是波兰与斯洛伐克国界线，终年积雪不化。

踩着喀斯普罗威脊梁
双腿把亘古雪峰丈量
量出了海拔高度
量出了心里期望

逶迤起伏的国界线
没有森严的铁丝网
一脚踏进斯洛伐克
一脚留在了波兰

山南丹枫翠柏
山北素裹银装
太阳不是厚此薄彼
世界原本多姿多样

悬崖上与云朵拥抱
峭谷里与山风交谈
抓一把雪团掷向深渊
惊得鹰儿在脚下滑翔

是幻想中的神话

是神话中的幻想
峰顶泼下万道天光
攀登者的影子也被拉长

2011年11月1日于扎科帕内至华沙途中

无名烈士墓

　　无名烈士墓位于华沙毕苏斯基广场，
建于1925年，安放着波兰军队在各个战场
上捐躯的将士骨灰。

柱廊为你们遮雨挡风
卫兵为你们守护忠魂
从地下蹿出不灭的火焰
是凤凰涅槃的精灵

没人知道你们死于哪次战斗
没人知道你们献身时的年龄
墙上记载庞大的阵亡数字
找不出一个具体的姓名

其实你们并不抱怨
长短都是一个旅程
连生命都慷慨许国
谁还会在乎死后留名

自从告别父老乡亲
出生入死，隔断了踪讯
但是，请你们相信
拜谒者中有你们的亲人

是的，你们都曾有名有姓

血性的姓名都用去争取光明
如今，你们共用一个永恒的姓名
——波兰的无名英雄

2011年11月6日于华沙

聋哑恋人

在瓦津基公园，一对聋哑青年爱得如
痴如醉。游人纷纷投去感动而祝福的目光。

瓦津基公园秋叶似锦
一对恋人，依偎在芳草丛
咀嚼阳光的香味
吞咽空气的纯真

十个指头，紧紧相扣
锁住梦的追寻
两对目光，痴痴相望
燃烧爱的激情

没有任何语言表达
甚至，不需一个吭声
一切话语都显得多余
唯有敞开赤裸的灵魂

也从不需要倾听
厮守温暖的寂静
无声的世界没有纷纭
两颗心，以一个节奏跳动

蓝天白云为伴
森林湖水作证

小伙子单跪草地
草地上，绽放一朵玫瑰
那是姑娘深情的吻

鸟语也轻
风过也静
整个公园都装不下
一对聋哑恋人的纯情

2011年11月8日于华沙

姊妹城

托伦是波兰教育和文化中心，始建于
1233年，与中国桂林结为友好城市。

南波兰的托伦
南中国的桂林
远隔万水千山
一对南边姊妹城

天一样的湛蓝
地一样的生动
维斯瓦河与漓江
一样的清澈
一样的多情

一样追求幸福与爱情
一样向往友谊与和平
男人一样喜欢喝酒
女孩一样喜欢花裙

哥白尼在城里画出地球的行踪
一年365天，围着太阳匆匆转动
刘三姐在郊外采摘明前新茶
兰花手指，泡得山歌也香喷喷

地灵人杰，海内存知已

物华天宝，天涯若比邻
既然都渴望着爱
又何必在乎黑眼睛、蓝眼睛

其实，城与城虽有结交的仪式
却无法走出既定时空
倒是两座城里的人
虽然不曾交换金兰
却能真正称姊妹、道弟兄

2011年11月12日于托伦

斜 塔

斜塔位于托伦市区，倾斜1.5米，据说是中世纪时一位与妇女幽会的条顿骑士受罚而建。

托伦城里的斜塔
摇摇欲坠的身架
不知是设计施工的误差
还是岁月风雨的冲刷
斜过了一点五米倾度
斜过了几百个春夏

那是中世纪的一件公案
一个骑士陷入情网不能自拔
骑士只能僧侣般禁欲
离经叛道必须付出代价
他被勒令修建斜塔
以示对他偏离伦理的惩罚

加一块砖石，添一层重压
多一分密封，增一种扼杀
骑士耗尽毕生精血
为自己筑起一副精神囚枷
这枷锁哪能匡正道德
这枷锁何以传承文化

这塔既然胎中就已歪斜

为何还把荒唐当成神话
这塔既然飘荡着腐烂气息
为何还让人性在塔内挣扎
这塔既然已成斜立的木乃伊
干脆，让它轰然坍塌

2011年11月13日于华沙

城堡废墟

托伦城堡建于1250-1450年间，1454年城中居民因厌恶压迫而将其推倒，废墟成为观光处。

几段残垣
一丘野蒿
埋下一段荒诞历史
历史却每天用阳光扫描

几百年前的古堡
城墙也厚，城基也牢
江水洗涤着战马
日光辉耀着戈矛

因为，期待的心
备受煎熬
于是，筑城的手
又把城堡推倒

愤怒的风暴
在大地上奔跑
大地便留下悠悠废墟
堆成巨大的问号

废墟虽然也是一种景观

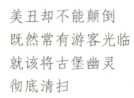

美丑却不能颠倒
既然常有游客光临
就该将古堡幽灵
彻底清扫

2011年11月14日于华沙

那幢小阁楼

1473年，哥白尼出生于波兰维斯瓦河畔的小城托伦，后来成为第一位提出日心说的伟大天文学家。恩格斯评价哥白尼的《天体运行论》说："从此自然科学便开始从神学中解放出来。"

维斯瓦河
向北蜿蜒
古城托伦
历经变迁
那幢小阁楼
依水临街
简洁古典

曾经有位青年
把自己锁在里面
日复一日
年复一年
似乎没别的事儿可做
只是画了又画
算了又算

越画越算，胆子越大
简直胆大包天
居然，定住了太阳
转动了地球

他说，天体就这么演变

他叫哥白尼
他的日心说
就这么一说
宇宙便校正了亿万年

现在，我也到这里转转
听着阳光的回音
踏过历史的苔藓
我看到了
从神学中解放出来后
自然科学的春天

2011年11月15日于华沙

低下高贵的头

波兰土地上坐落着众多人物雕塑，无不保持低垂着头的姿态，耐人寻味。

这块土地屹立许多浮雕
为欧洲不死的勇士立照
无论是开国君主还是普通士兵
他们无一例外都低垂着头

我习惯英雄挺胸昂首
我熟悉好汉仰天长啸
这集体低头，让我更加震撼
面对他们，我无法抑住心潮

都说低头是向命运屈服
谁能说死寂不是岩喷前兆
他们积蓄力量登高一呼
会让世界地动山摇

都说低头是无可奈何
利剑不会永久入鞘
忧患刻在冷峻的脸上
梦想在心里炽热萦绕

真正的斗士无须摆弄姿势
严酷的考验在于直面低潮

只要每个细胞都硬如岩石
低头也能气吞云霄

悲愤与希冀一体糅合
柔情与坚强一道凿雕
也许，只有他们低下高贵的头
波兰民族才能挺直身腰

2011年11月20日于华沙

插满十字架的车皮

1955 年，卡廷森林事件纪念碑在华沙市区落成。纪念碑呈一节火车车皮状，上面插满十字架，以纪念运往苏联卡廷森林被害数万名波兰军人。

即使是华沙街头的一个碑
也是那样触目惊心
拥挤在火车车皮里的十字架
像一片举着双手嘶吼的森林
横七竖八的十字架啊
曾经是一条条鲜活的生命
战争，让他们套上严实的军装
盖住诗人、音乐家真实的身份
那个不堪回首的风雨夜
没有月色、没有音乐、没有诗吟
数万人倒得很整齐
整齐地鼎扛着原不知名的卡廷
设若是他们保持着冲锋姿势也罢
战争总归是要死人
可是他们没有抵抗
在刽子手面前，他们太轻信

尽管死亡的气息已经弥漫
仍相信山林岚气的清纯
尽管黑洞洞的枪口已经瞄准
仍相信人世的善良温存

尽管掩埋的大坑已经挖掘
仍相信生命能够迎接新的黎明
他们相信，他们相信
他们的相信垒成了巨大的坟茔

是谁主导这千古兽行
历史的法官一直拷问
人们认定了法西斯党徒
只有他们，才会泯灭人性
才会搅起血雨腥风
这是多么合理的推断
可是，国际法庭没有证据开庭

半个世纪后的一个黄昏
戈尔巴乔夫打开了一份密档
于是，"头发都竖起来了"
手也在剧烈抖动
是的，苏联当局
制造了卡廷森林事件全过程
顿时，暗淡了
克里姆林宫尖顶上的红星
在普京惊人一跪的泥土上
还残留着没有褪去的血印
虽然，一个民族对另一个民族的道歉
令人窒息的沉重
总比死不认错显得坦诚

2011年11月21日于华沙

犹太区英雄纪念碑前

　　犹太区英雄纪念碑位于华沙市区，建于 1948 年，以纪念二战时期犹太人的苦难经历和他们起义的英雄行为。

石碑早已长出青苔
岁月仍在绵延祭拜
一束束鲜花躺在地上
一把把泥土揣进胸怀

因为人种属于犹太
才蒙受野蛮的迫害
50万人，塞进4平方公里的空间
密不透风，一口拥挤的棺材

不愿沉陷绝望的悲哀
不愿像牲口一样等待屠宰
抵抗的怒火在心头燃烧
被奴役的人们起来、起来

起义遭到残酷制裁
恶魔总要留下血债
希姆莱阴森森地狞笑
在华沙，不再有犹太人存在

人早已不在

梦始终还在
当青草冒出大地
所有灵魂都一齐醒来

我坚信鲜花中的仁爱
我深谙泥土中的情怀
我祈祷这鸽子起舞的蓝天
不会再有横祸飞来

2011年11月24日于华沙

科学文化宫

科学文化宫位于华沙市中心，建于1952-1955年间，总高235米，30层建筑共有3288个房间，是当时苏联送给波兰的官方礼物。

德菲尔德广场有座高傲的科学文化宫
犹如巨大的火箭
直指苍穹
与周围的建筑风格相异
显得特立独行

也许是不分彼此的慷慨赠送
抑或是文化的长久占领
老大哥的这份厚重礼物
怎么说也是一种有趣的象征

据说维持下来太耗财政
宫内的功能已转为商用
还有人提出该夷为平地
强光下的阴影实在太浓

这大厦倒还真的结实坚固
经历了半个世纪变幻的风云
还是让它保留下去吧
毕竟，这是物化的见证

2011年11月24日于华沙

水上王宫

水上王宫位于华沙瓦津基公园内，建于1784-1793年间，是波兰末代国王斯坦尼斯瓦夫二世隐秘的行宫。

一片渺渺的水面
一座巍巍的王宫
深藏多少宫中秘事
辗转于变幻的时空
尽人皆知的隐秘不是隐秘
任人可游的王宫还称王宫

末代国王的稀世遗留
波兰王国的美丽花瓶
到处都是国王幽会的场所
每个周四都有艺术沙龙
水波倒影灯红酒绿
晚风吹醒王朝残梦

迷恋叶卡捷琳娜风韵
袒露雷电般的虔诚
在风花雪月里交易
实现政权的占控
他成功了，他失败了
波兰仍被沙俄列强瓜分

水上的王宫依然威风
水上的政权岂能长存
斯坦尼斯瓦夫二世
留下难言的表情
一位风流之士
一位亡国之君

2011年11月27日于华沙

梅希莱维茨基宫

　　梅希莱维茨基宫位于华沙瓦津基公园,
自 20 世纪 50 年代中至 70 年代初,华沙一
直是中、美两国保持官方接触的重要渠道,
双方在这里举行了一百多次大使级会谈。

也许太多遭受战火的创伤
才对和平有更强烈的期盼
上世纪中叶,世界风云激荡
丹枫白桦,列成迎宾的仪仗
古老的梅希莱维茨基宫
焕发出正义智慧的灵光
就像一个诱人的磁场
横贯这个星球黑白两极
吸引着神秘的东方和西方
就像一个长长的桥梁
挡住猛烈拍击的惊涛骇浪
连接遥遥相望的太平洋两岸
深宫的大门频频打开
接纳中美大使级会谈
一百多次唇枪舌战
一百多次交杯换盏
敌意太深,需要细细聊聊
隔绝太久,需要好好谈谈
瓦津基公园的浓郁花香
缓冲了剧烈的政治较量

肖邦故土的清澈音乐
融合了沉闷的文化碰撞
迎来世界格局巨大嬗变
汇聚时代潮流浩浩荡荡
加强合作，消除对抗
上苍给人类投下通明的光亮
啊，梅希莱维茨基宫
世界看到了你的分量

2011年11月29日于华沙

瓦维尔山

位于波兰克拉科夫城的瓦维尔王宫自1038 年至 1596 年间一直是波兰王宫的所在地，王宫教堂从 14 世纪起便用来举行国王的加冕礼和葬礼。杰出的波兰艺术家斯坦尼斯拉夫·韦斯比昂基评价"这里的每件事物都代表着波兰，每块石头、每段墙垣以及进入到这里的人都是波兰的一部分"。

天风在耳边呼呼作响
落叶在空中翩翩飞扬
我来了，瓦维尔山
沿着三十倾度拾级而上
我触摸你冷艳枯槁的容颜
我感应你缓慢跳动的心脏

俯瞰克拉科夫全城的意象
还有远处蓝天白云下的空旷
维斯瓦河在山脚下甜甜扭动
夕阳的金粉将河面镀亮
布洛尼斯拉夫的火龙露出狰狞
海鸥像白色精灵啾啾低翔

登高一步就向历史深处贴近一步
感受上帝的疏忽与上帝的慈祥
一座山啊就是一座城堡

数百年的风雨洗礼得如此莽苍
一砖一石都笃守着时光的沉默
连一草一木也呈现出岁月的沧桑

君临天下的旧王宫已经老迈
却无法想象宫中丰腴的积藏
一顶顶王冠在阴风暗雨中更迭
一代代国王传递着至高无上的权杖
圣十字礼拜教堂与王宫并肩而立
帝子何在？幽灵在地下游荡

福兮祸兮永远是一个难猜的谜
有多少光环就有多少暗淡
爬满常青藤的厚墙坚堡
依稀留下弹丸硝烟的摧残
便是高高在上的王室宫殿
也曾惨遭厉雷疾电的重创

如今，瓦维尔山已不是权贵之地
倒显出雍容大度的安详
这鬼斧神工的自然杰作
这人类文明的不同凡响
正是这里的每件事物都代表着波兰
才给予后人欣赏与思考的力量

2011年12月7日于克拉科夫

传说中的克拉科夫

克拉科夫曾为波兰首都，也是欧洲文化名城。这座有着悠久历史的城市起源于一个传说。

克拉科是传说中的人
克拉科夫是现实中的城
这城市的传说已很古老
相伴相行，古老的传说与古老的城

瓦维尔山扼守着咽喉要道
部落首领克拉科在此建城
兴建的城堡声名鹊起
惊醒沉睡千年的恶龙

灾难从此在这里降临
恶龙为非作歹到处横行
每年吞噬一位如花少女
整座城市摇颤着惊恐

克拉科也有一个女儿
乖巧伶俐美丽动人
儿女都是父母的掌上明珠
首领昭示天下除龙招亲

人们渴望酬报的厚重
可又惧怕恶龙的凶猛

揭榜的是位年轻的鞋匠
爱早就在他心中萌动

聪明的鞋匠设下一条妙计
将塞满炸药的羊皮细补密缝
恶龙把诱饵当成了早餐
贪婪和愚蠢使它终于毙命

大地重新绽放绚丽的鲜花
天空又升腾出七色彩虹
后来的结局自然圆满
英雄美人从来相爱相亲

这就是克拉科夫的传说
这传说编得并不高明
瓦维尔山下的龙洞前
却引来了一对对恋人
流连忘返，寻找爱的见证

2011年12月7日于克拉科夫

永恒的小号曲

位于克拉科夫市中心的圣玛丽教堂每
当整点之时，就会有一位号手在塔楼上吹
奏小号曲。这一吹就是几百年……

圣玛丽教堂直指蔚蓝的天空
在克拉科夫城区卓尔不群
塔楼上小号曲整点应时而响
每次吹奏都会出现短暂的停顿
历史的钟摆已经晃悠了几百年
整个波兰的耳朵还在认真聆听

十二世纪的一个昏暗的黎明
夜幕中的城市充满祥和寂静
强悍的敌兵驰风般发起偷袭
围攻正向温柔的梦乡逼近
骤然间报警的小号曲尖利吹响
诡计没躲过瞭望哨警惕的眼睛

箭矢像一群嗖嗖横飞的蝗虫
朝着一个恼怒的目标集中
急促的号声在箭雨中戛然而止
片刻间重新压住所有的声音
就像恢弘的交响乐瞬间静场
接踵而来便是更大的海啸雷鸣

流泻的是生命的绝响

激荡的是血性的峥嵘
号曲唤起全城同仇敌忾
号曲威逼劲敌趁夜逃遁
在这血与火迸射的战争舞台上
那位号兵挥洒得如此壮丽从容

利箭穿透他年轻的骨骼
长空滑落一颗幽亮的彗星
人们纷纷簇拥着瞭望哨所
感谢挽救全城生命的英雄
他手里紧握着淌血的军号
他脸上凝固着欣慰的笑容

从此圣玛丽教堂小号曲悠悠绵延
超越疆界超越时空超越文明
我敬仰这不知名的异国号兵
更感叹这古战场留下来的久远流韵
既然一种号曲能永恒定格
微弱的生命韵律
便升腾成一个民族的博大精神

2011年12月7日于克拉科夫

城墙与画廊

在克拉科夫古老的城墙脚下，有一排油
画长廊，吸引不少游人观赏和购买。

一处交易市场
一隅心灵故乡
尽显自然气蕴
展示人间万象
古旧的克拉科夫城墙
衬垫挂满油画的长廊

大海在画布上掀起巨浪
小溪在画框内涓涓流淌
一边是丰乳肥臀的舞女
一边是金戈铁马的战场
东南西北转换了空间
春夏秋冬错乱了时光

我欣赏画师的不羁灵感
我更爱城墙的质朴粗犷
用砌刀创造的天地之作
融入几个世纪的雨露阳光
城墙或许没有画廊千媚百态
但白昼黑夜风雪雨霜
都有不灭的灿烂

2011年12月7日于克拉科夫

华沙街头的汉字

在华沙街头遍布的波兰字中，偶见一处
汉字匾额，感慨系之。

华沙满街闪烁五彩的虹霓
豆芽般的波兰文字铺天盖地
一眼就捕捉到灯火阑珊处的你
独具魅力，让我骤然屏住呼吸

自从进入识文断字的启蒙时期
便与你与时俱进相伴相依
雨露滋养着渴望的心田
和风吹拂着羞涩的灵气

是的，你比我年长五千余岁
而且，你还要延续无数个世纪
我只是芸芸众生中的匆匆过客
对于你，我是如此痴迷如此专一

虽无声，却传递着久远的声音
虽无息，却解读着隔世的信息
我陶醉你抑扬顿挫的韵律
我迷恋你象形会意的威仪

你忠实地表现我的喜怒哀乐
我淋漓地挥洒你的行草楷隶

高山大海，你赐予我悠悠天地
孤灯独案，你带给我缕缕慰藉
你千姿百态地呈现生命的神奇
维系了一个民族薪火相传生生不息
哪里有你方方块块的泰然存在
哪里就有黄皮肤黑眼睛聚集

在这异国都市你只是一个中文匾额
注视你，我们有着挚友般的默契
我的世界不能没有中国汉字
我庆幸，你又走进我流动的人生里

2011年12月20日于华沙

冰雪中的罗布林

我走进罗布林
市区中有一泓湖水
还没有完全冰封
一群水鸟，湖上精灵
守着最后的家园
艰难觅食，快乐调情
一阵狂雪
所有的鸟儿都整齐地起飞
众志成城
在水面上，拼起一把遮天大伞
它们用翅膀挡住雪的入侵
那一时刻，我也想有对翅膀
与鸟儿们一道盘旋在上空

我走进罗布林
市区中有片森林
在冰雪中保持肃静
林中走来一位少女
雪花一般轻盈
领着她那条忠诚的狗
踏进冬天里的童话
寻找春天的梦
我们不期而遇
她和它都被惊醒

少女莞尔一笑
回应东方的问讯
她的声音
整个森林都在聆听

我走进罗布林
市区中有栋商铺
寒流中积蓄着激情
商铺老板，一个谢顶的波兰汉子
拉着御寒的我们
热烈地谈起了简朴的白猫黑猫
还有深奥的《资本论》
有如一道灵光
照耀他油亮的脑门
余兴未尽
别时，那双有力的大手
将我抱得很紧
中国人，真骄傲
你们有邓小平

2012年1月5日于华沙

思念远方

离国的时候
朋友们为我举杯庆祝
从风口浪尖撤出
以后的日子
便是秋月平湖
朋友的话绝对真诚
我干杯的姿势似乎也酷
日子随风潜入
离开了，便成了长长的远方
成了我思念的甘甜与酸楚

面对牛奶面包
我思念远方的杂粮五谷
面对金发碧眼的异族
我思念远方的同胞亲友
面对肖邦音乐会
我思念远方茉莉花的音符
面对休闲的国际列车
我思念远方的高速铁路
面对怪诞的万圣节日
我思念远方温情的中秋、端午
面对所有的一切
我对远方的所有思念
没有缘由

又都有缘由

一个汉字
会让我心跳加速
一句乡音
会让我心潮起伏
一条短信
会让我反复阅读
一段视频
会让我泪水长流
我的躯体
可以在异国安顿
我的灵魂
永远不能放逐
也许，我会爱上这里
但是，我无时无刻不在思念
思念我的远方
我远方的亲人
远方的故土

2012年1月10日于华沙

视频中的母亲

我的母亲，因为漂流在外的我
学会了使用QQ视频
一双苍老而颤抖的手
一双痴痴守望的眼睛
在中国与波兰的千崖万壑之间
将思念的时空隧道打通

那头的母亲与荧屏贴得很近
这边的我也向荧屏靠得很拢
母亲的白发已拂到我的脸上
是无尽的牵挂、无言的叮咛

母亲睁着火苗跳动的眼睛
燃烧着我的灵魂我的生命
朝着那深邃的瞳孔驶去
母爱是我永不降落的帆篷

母亲轻轻地呼唤我的乳名
唤回我被岁月淹没了的童真
母子一下哽咽无语默然相对
感情的洪流敞开了匣门

泪水在母亲的面颊流淌
说不清是愉悦还是疼痛

我只知道，那是爱的泉源涌溢
将我干涸的心汩汩滋润

忽然，母亲伸出颤抖的手指
梦幻般地触摸着视频
她没有摸到自己的儿子
我却沐浴到了徐徐春风

我是一只悬浮的风筝
一直寻觅更高更远的天穹
总有一种力量系着我生命的归宿
那是拴在母亲心里的线绳

情愫无法倾诉得尽
我和母亲有了心的约定
视频是母子心灵的通道
这通道，永远都会畅通

2012年1月15日于华沙

冰河上有只海鸥

> 冬日，维斯瓦河，千里冰封，顿失滔滔。
> 一只海鸥在冰河上高盘低旋，亦歌亦舞。

一只孤傲的海鸥
冬日里，卓尔不凡的姿态
冰冻的维斯瓦河面
是她灵魂飞扬的舞台

她挥动洁白的霓裳
在洁白的冰河上舒展欢快
所有的生灵都为她激动
拉开雪幕，洒落银色的精彩

她唱着阳春白雪
向严冬宣告生命的豪迈
旷野里更加空灵幽静
河床上回荡清绝的天籁

有时，她会凌霄腾跃
向诸神的天空张扬裙摆
冷冽的日头是一架追光灯
紧随她，投下一束清亮的光带

有时，她会频频颔首
向忠实的观众谢拜

冰下哗哗的流水声
为她发出内心的喝彩

谁都在拒绝冷酷的冰霜
她却因此而欣然存在
羽翼是她生命的两面旌旗
八方风云都纳入胸怀

人生舞台谁都有梦
她选择了一个高难度题材
独舞寒江的匠心艺情
获得整个晶莹剔透的世界

2012年2月5日于华沙

冰　排

距华沙 50 多公里的切尔闻斯克小镇，
是新春观看维斯瓦河冰排的最佳去处。

河岸边堆砌着
横七竖八的冰排
一片狼藉
这坍塌了的冰雪世界
太阳折射湛蓝的冷光
河水踏着音符款款而来

严冰曾经封锁整个河面
完成了一场密不透风的掩埋
它要窒息水下生灵的呼吸
它要扼杀河水纯真的欢快

严冰施展着淫威
一切都被它覆盖
冷酷的铁石心肠
却锁不住河水
在冰下涌动澎湃

千里合围
被片片撕开
一泻而下
冲破道道关隘

禁锢了漫长的冬季
重见天日，多么自由自在

残冰崩溃卷入激流
轰然发出绝望的悲哀
当初，张狂的坚冰
却摧枯拉朽，极盛而衰
最终没入
无边无际的波罗的海

2012年3月4日于华沙

琥珀的传说

琥珀被称为波兰的国石，格但斯克一带是波兰最大的琥珀产地和制作中心。每年春季，这里都会举办琥珀展。

天空挂满了五彩云朵
诸神开始新一天的劳作
太阳之子，强悍的菲尔顿
驾驭四轮马车从天边驰过

马车里承载一轮滚烫的太阳
嘀答的马蹄蹚出日升日落
宇宙因此环循白昼黑夜
万物欣逢阳光的抚摸

菲尔顿俯瞰波罗的海
海水漾荡迷人的秋波
他把马车停在格但斯克
沉醉在不曾有过的快乐

海洋顿时烤得完全干涸
森林也蒸发成滔滔沙漠
菲尔顿为贪一时欢娱
铸成不可饶恕的过错

他的父亲，太阳神宙斯

暴跳如雷，怒不可遏
用霹雳猛烈击打和焚烧
惩罚儿子闯下弥天大祸

看着兄弟饱受酷刑
姐妹们心如刀割
泪水流入了大海
化成了晶莹剔透的琥珀

真诚让石头开出花朵
柔情软化暴怒的肝火
绿荫覆盖了澄澄黄沙
海涛重新唱出欢乐的歌

菲尔顿驾着马车潇潇又行
太阳日复一日脱颖喷薄
生命在驰骋中焕发光彩
他再没有抵挡不住的诱惑

波罗的海泛出多彩的光泽
红绿黄白，海底装满各色琥珀
波兰的国石取之不尽
那是菲尔顿姐妹泪流太多

情人们都把琥珀当作信物
代代传递这个古老传说
于是，琥珀紧贴在情人的身上

经受肌肤和时光的长久打磨

2012年3月12日于华沙

西普拉特半岛

　　西普拉特半岛，位于波兰北部格但斯克，
第二次世界大战在这里爆发。

波罗的海浪
在西普拉特岛岸绽放
海鸥在波浪中穿插
发出欢快的啼唱
和着涛声激荡
白桦树像一对对观海爱侣
挺起白色的躯干
撑起绿色的凉伞
我在林中小径蹰蹰而行
凭吊不堪回首的岁月
拾捡支离破碎的浮想

1939年9月1日4时45分
天光微露
浓雾弥漫
死亡的阴影在这里张开翅膀
"施莱苏维希—霍尔施泰因"号
友好访问的旗子
在战列舰上猎猎飘扬
香槟酒杯刚刚碰过
瓶子里的魔鬼开始发难
海也倾斜

天也昏暗
那个瓶口，那个舰舱
涌出3000名纳粹士兵
像一缕轻烟袅袅飘荡
狞笑地窜来窜去
疯狂得肆无忌惮
七天七夜的炮火硝烟
窒息了
210名波兰守军的抵抗

就战斗本身的规模而言
或许，不及一场海啸疯狂
它却让全世界哭泣
旷日持久的苦难
那阵炮击之后
人类陷入二战的浩劫
喋血残杀，生灵涂炭
集中营，焚尸房
万人坑，毒气弹
鲜血把这个星球洗了又洗
江河湖泊
流淌猩红的血浆
弹片把整个土地翻了又翻
山丘平原
泻下成吨的钢
就因为希特勒阴鸷的目光
扫向了这片林子

这片海滩

肃穆的守军烈士墓前
青草在美美疯长
最后几滴血的滋润
地下有跳动的心脏
坍塌的建筑废墟
还是炸裂时模样
只是血污已经变黑
偶有鸽群徜徉
半岛，年年秋枯春荣
海洋，日日潮落潮涨

高高的纪念碑
是朝天呼号的拳头
是永不泯灭的灯光
历史有多沉重的思想
它就有多沉重的分量
历史有多坚硬的隐痛
它就有多坚硬的悲壮
永不再战
永不再战
永不再战
聚合着智慧和善良
凝结着力量和渴望
人类经历了撕心裂肺的痛
人性的声音才更加响亮

我在这半岛满含热泪地祈祷
让每条生命
都在地球上幸福成长
让每朵鲜花
都在阳光下美丽开放

2012年3月17日于格但斯克

索波特海滨栈桥

　　索波特海滨栈桥位于波兰格但斯克，是波兰和欧洲最长的栈桥，长达 516 米，伸向波罗的海深处。

蓝蓝的海洋
粼粼的波光
暖暖的春日
柔柔的沙滩
一座长长的栈桥
让索波特神采飞扬
天上的银河
也有喜鹊搭起的桥梁

栈桥上，我脚步姗姗
起锚解缆，心又远航
吹过栈桥的海风
充盈我双肺的清爽
涌向栈桥的海浪
撞击我心跳的铿锵
浮在栈桥上的云彩
塞满我硕大的行囊

潇洒的海鸟
在桥边低旋高翔
想是挽留我的脚步

同舞风流倜傥
高贵的天鹅
在桥下东游西荡
想是诱惑我的心灵
共享自在安详

我走到了桥的尽头
望断无边无际的辉煌
海是铺向天边的画布
浪是没有间隔的诗行
清亮了眼前的迷离
挥去了心头的惆怅
海天一色的氤氲中
漂泊我永不消逝的梦想

也有一座美丽的栈桥
遥在祖国的海岸
把两座栈桥对接
不再有任何屏障
任风浪多么猛烈
任烟波多么浩瀚
我会沿着这栈桥前行
一直抵达久违的故乡

2012年3月19日于华沙

春天到了

维斯瓦河骤然解冻了
瓦津基草地骤然泛绿了
我不知哪一天哪一刻
华沙的春天骤然来临了

于是小鸟开始清脆啼叫
于是松鼠开始欢快弹跳
我不知它们唱着什么跳着什么
也许是肖邦某首曲某个调

于是河岸的钓竿像芦苇丛丛
于是街上的裙子像蝴蝶飘飘
我不知该把哪儿摄入镜头
春天里，所有的生命都是这般俊俏

于是新的太阳格外气势磅礴
于是原野萌动五颜六色的花朵
我不知道天空大地是否相约
一起创造这个季节的美妙

于是我的心不再寂寞
于是我的生活不再单调
我知道故乡的春天
也对游子投以灿烂的微笑

于是，我知道了
春天到了

2012年3月20日 于华沙

春到白桦林

　　波兰境内，四处都是白桦林，林中常见一栋栋的小木屋，犹如童话世界。

冰已融，雪已消
阳光奔泻落树梢
带来的，是冬的原色
投向的，是春的怀抱

都说春风似剪刀
裁得红肥绿瘦
却是崇高的洁白
迎着春风欢笑

冰清玉洁的围腰
绿叶拍打的曲调
以一身清白的肤色
去加强生命的深度

林中风景无限
白桦不会衰老
一圈圈的年轮里
都有林涛呼啸

采集树皮片片
写满篇篇诗稿

连同白桦的精魂
把这异国的情思
遥寄亲爱的同胞

2012年3月22日于华沙

2012·清明

2012年清明
这异国的天空
也是淫雨纷纷

我一遍又一遍地寄情
那衡山，那湘水
那牧童指了千年的杏花村

清明清明，天清地明
而这无休止的雨
却把我的心刺痛

我的祖先，我的父亲
请原谅，今天我不能前来祭拜
不用点一炷香，摆一份祭品
因为，我们早有默契的沟通

你们活过、爱过
送走过多少个清明
我在重蹈你们曾经的脚印
作为炎黄子孙
我只是一段传承

此刻，教堂已传出悠悠的暮钟

伏特加，这波兰的烈性酒
陪着我，在这淅淅沥沥的雨中
独饮独吟

2012年4月5日于华沙

弗罗茨瓦夫

　　弗罗茨瓦夫是波兰的第四大城，已有一千多年历史，德意志、波兰、捷克、犹太等民族都在这座城市的发展史上扮演过重要角色。二战后，这座一度是德国的城市调整给波兰，以补偿割让给苏联的波兰东部领土。

历史是一笔糊涂账
被时光蚀得锈迹斑斑
扑朔迷离的这座古城
细说千秋城名已很困难

最早这城不叫弗洛茨瓦夫
易国换名已有数次几番
人们用枪炮讨论城的名称
名称与城市一同兴亡

一次次更名招来一场场祸殃
一次次更名留下一笔笔孽债
更名延续了家仇国恨
更名撕裂了旧疤新伤

女人总被占领者占领
家园总遭劫夺者劫拦
二战后，波兰人终于扬眉吐气

波茨坦协定使割让得以补偿

普鲁士城堡，圣罗马教堂
奥地利官廷，波西米亚民房
都成为奥德河中的倒影
古城色彩日渐繁杂多样

座堂岛新绿的草地上
硝烟已逝，鸽哨悠扬
百年厅褪色的墙壁
镶入的弹片也成了文物遗产

在纷纭的历史中变成历史
新的阳光折射新的灿烂
不要再更名换代了
弗罗茨瓦夫，这是一个中国游者
对你的殷切期望

2012年4月7日于弗罗茨瓦夫

没有星光的夜空

弗罗茨瓦夫市从 1902 年到 1994 年，共有 10 人分别在文学、物理学、化学、生理学或医学、经济学等方面获诺贝尔奖。

弗罗茨瓦夫的晚上
我向夜空久久仰望
穹庐深广
天际苍茫
蒙蒙的细雨
浸润着迟退的春寒
沉沉的夜色
没有一丝星光

这里本该群星灿烂
却在夜幕里悄悄潜藏
蒙森、莱纳德、毕希纳
埃尔利希、霍普特曼、哈伯
贝吉多斯、施特恩、玻恩、泽而腾
每个名字都如雷贯耳
一串符号不同凡响

那一双双蓝色的眼睛
将无垠的宇宙打量
目光如炬
把片片昏暗的角落照亮

那一支支灵动的指节
触击广袤的键盘

声声若雷
回荡在幽静的历史长廊
那一束束金色的发丝
奔泻人类的思想
飘柔似瀑
翻腾知识的海洋
世界便把所有的感激
铸成一枚诺贝尔奖章

一枚、二枚……十枚奖章啊
我震撼这片土壤
临风而立，一排擎天栋梁
弗罗茨瓦夫
这异国他乡
这寥廓天象
今夜无星光
可是星星不灭
在我心里
已是华光万丈

2012年4月7日于弗罗茨瓦夫

小战士

　　华沙古城前，有一个小战士的雕像，告诉
着人们不要忘记在华沙起义中参战的孩子们。

我喜爱这里的所有雕像
只是这最小的造型
引起我最大的震撼
你，一个六七岁的小男孩
向世界昭示
一个民族的希望

钢盔扣住半个脑袋
帽檐下的目光
透出早熟的顽强
那套戎装
压得所有游人喘不过气
大半个世纪了
你一直扛在身上

你的生活本该属于课堂
是你的选择
也不是你的选择
总之，你别无选择
你把自己捐给了战场
既然，暴风雨无情摧残花朵
花朵就不是花朵，是枪

你太小了，实在太小了
妈妈哪能不牵挂你的平安
战争就是毁灭
不会照顾生命的短暂
也许，你已经没有人心疼了
轮到你时，家里早已
空空荡荡

你应该有一杆牧羊鞭
传递十万火急的鸡毛信
在两脚兽前，不会发慌
你应该很熟练地扣动扳机
可以完全闭着双眼
从心里射出一串串准确的子弹
雨来、嘎子
那时中国孩子都这样干
还有从不贪玩耍的王二小
把侵略者带进包围圈的放牛郎

战地黄花即使分外香
那也是被血淋淋的液体浇灌
密集的枪炮声再怎么清脆
也决然就不是浪漫的交响
你迈出人生的第一步
就微笑地靠近死亡
因此，波兰最后突破了黑暗

时光冲刷了硝烟的痕迹
却没有改变你一丝模样
永远的蓝天下、城堡前
你以不变的个头、神色和着装
陪伴了一代代小朋友
无忧无虑地成长

2012年4月8日于华沙

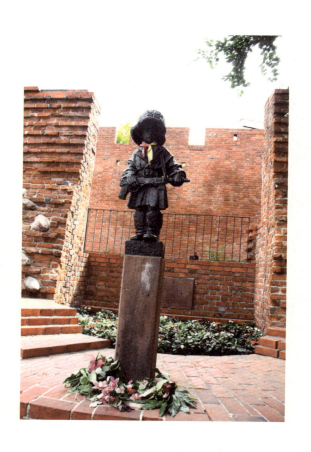

布拉格的子夜

布拉格是华沙的一个城区，位于维斯瓦河对岸，我的寓所便坐落于此，在这里我度过很多不眠之夜。

华沙布拉格的子夜
充盈着寂静与沁凉
点灯的星星全部熄灭
此刻没有一丝光亮

从微微开启的窗户外
涌进紫薇的阵阵芳香
在这异国的黑房子里
我被花妖牢牢地捆绑

维斯瓦河已沉沉睡去
河水无声地流入梦乡
芦苇的脉管吮吸着温馨
轻纱飘荡着凄婉迷茫

不远处是大片犹太人墓地
夜风扫荡着沉默安详
露珠是地下冒出的滴滴清泪
长眠了也没停止种种幻想

几声孤啼生脆脆地炸响

整个夜都在剧烈摇撼
鸟儿也有悲欢离合的情愫
夜静更深时，独舔心灵创伤

挥之不去的乡愁啊
郁结体内不断膨胀
每夜我都久久无法入眠
等待故乡第一抹晨光

布拉格的夜啊
我总是站在窗口
朝东方痴痴地眺望

2012年4月10日于华沙

我们的肖邦

华沙瓦津基公园，又称肖邦公园。每
年夏季的周日，都会在公园里肖邦的雕像
旁举办音乐会。

夏季是个热烈的季节
每个周日，瓦津基公园
音乐会随着日出开场
没有密封的大厅
也无需圈围的栅栏
因为，阳光锁不住
天籁在旷野中摇荡
时之悠长
空之宽广
有鸟语相伴
有花草相浸
有风儿相传
肖邦的音乐
更加灵动
更加优美
更加自由流淌

云集在这里的人们
是如此的浪漫安详
免去绅士般着装
免去贵妇般梳妆

素面朝天
灵魂裸露
或坐或站
或跪或躺
所有的姿势
都能嗅到泥土、青草、玫瑰
以及音乐的芬芳

音乐家自己也来了
化成了一座雕像
长长的发丝随风拂荡
他的目光
柔和、深邃、明亮
他与大家在一起聆听
他想知道，一个多世纪后
他的每一串旋律
还能不能使他的民族情绪高涨
他的每一节音符
还能不能使他的同胞血脉贲张

《军队》、《英雄》
《离别》、《革命》
有幸啊，这块土壤
年年载载浇灌着他的音乐
理想的种子在泥土中鼓胀
有幸啊，这片蓝天
朝朝暮暮萦绕他的音乐

长空的风也会呐喊

我，一个中国人
也常来这里
为之鼓掌
为之沉醉
为之惊叹
虽然，我们的种族、语言不同
但是，与所有的波兰朋友一样
一个伟大的名字早已潜入心底
——我们的肖邦

2012年4月28日于华沙

最后的骑兵

　　1939 年 9 月，纳粹德国闪击波兰，波兰骑兵与德军装甲部队展开了殊死战斗，直至全部殉国，演绎出惊天撼地的骑兵绝唱。

鼻翼喷出闷雷般的嘶鸣
风沙飞卷着坚硬的颈鬃
马刀长矛像莽莽森林
挑起无数个白晃晃的日头
狂飙般卷过去
卷过去，前面是深不可测的黑洞

曾风靡漫漫的欧洲大陆
蹄花向大地印下赫赫威名
该抗击的抗击了
不该征服的也征服了
那两片巨大的翅膀
如虎添翼，脚下生风
装饰着无比骄傲的翼骑兵
便把一个民族的强大和梦想
全都驮在了马背上
足够荣耀，但太沉重

这一回，事关尊严与正义
这一回，事关覆灭与生存
这一回，遇上真正的对手

一群武装到牙齿的纳粹装甲兵
于是，钢铁与血肉惨烈搅拌
火药与冷器残酷杀拼
再锋利的钢刀
砍在坦克上也卷刃
再精壮的马蹄
踢在铁甲上也抽筋
炮管吐出长长的火舌
欢快地吞噬着，灰飞烟灭
履带拉出沉沉的死亡线
无情地碾压着，地裂石崩

是的，这场战斗没有悬念
双方力量极不对称
仍然，毫不胆怯地前冲
骑兵从没接受过后撤的指令
倒下了，一匹匹战马划出了优雅的弧线
倒下了，一排排骑兵塑造了华丽的造型
当最后一匹战马倒下
闭上极不愿闭上的眼睛
终于结束了
结束了一个神话
那马，那刀，那兵

至今，我在波兰很少看到马
也没有找到骑兵的身影
昔日的战场

岁月倥偬，日晒雨淋
偶尔裸露出战士与战马的尸骨
那姿势，仍保持着冲锋
生与共，死与共
国家之殇，民族之痛
每当波兰的独立日
阅兵场便会走出一彪人马
那是为最后的骑兵
一次一次地昭示
悲壮的墓志铭

2012年5月3日于华沙

尼泊伦特湖上的风帆

尼泊伦特湖位于华沙郊外。这里天蓝水碧，游艇云集，彩帆似蝶，桅杆如林。

在棉絮一样的雪里冬藏
养精蓄锐，铆足了力量
醒来了，是无边生动的绿
一湖春水在梦中幽幽荡漾

久违的湖面千帆竞发
像天鹅亮开秀美的翅膀
风儿兴致勃勃地呐喊助阵
云儿亲热地在桅樯上飘荡

玉白、橙黄、橘红、蔚蓝
春的色彩多姿多样
偌大的湖是一个走秀场
缤纷斑斓，秀酷了游艇的时装

直驶、迂回、旋转、逆向
肢体随心儿一同张扬
联翩而至的水上芭蕾
高蹈在湖中的日头之上

虽未在沧海中捕捞撒网
也没到大江里满载远航

平湖扬帆，也含着生活意蕴
释放了情愫，回馈了浪漫

湖上的风帆
飘在我的心上

2012年5月10日于华沙

居里夫人故居

　　华沙伏莱塔街15号是居里夫人故居博物馆，游人在这里可以了解居里夫人生平及科学研究成果。

居里夫人
夫人，你居住在这里

你的起居室在这里
你的实验室在这里
你的会客室在这里
你的爱在这里
你的心在这里
这不足百平方米的空间
如何承载得起

当然，你的诸多奖章也在这里
包括两枚诺贝尔奖章
你扔得很随意
方便孩子们取来游戏
还有看不见的X射线
潜伏在房间交差射击
射出了人类生命之光
耗损了夫人的美丽

居高声自远

这楼不高
名声却远得无边无际
夫人走了
人去楼空
岁月迷离
但这里永远充盈着
你的气息
你的魅力

你在时，大门常开
科学、友谊在这里聚集
你走后，大门依然常开
因为你曾经居住这里
多少人忆念着夫人
——居里，居里

2012年8月12日于华沙

古都波兹南

波兹南是波兰最古老的城市之一，作为波兰历史上第一位统治者，波列斯拉夫一世把波兹南作为波南王国的第一个首都，并于公元966年把基督教定为国教。这里曾发生了著名的"波兹南风暴"事件。这里还创办了孔子学院。波兹南正成为波兰最大的工业、交通、文教和科研中心之一。

这样的冷清，这样的沁凉
是繁华的闹市，还是寂静的村庄
薄雾中我看不清你，波兹南

冷月沉浮，风雨迷漫
岁月更替了多少尖顶高墙
沉淀成今天的显赫气象

波兰王国的开国古都
历经无数战乱与劫难
宫殿上的那只雄鹰，仍振翅欲翔

巍峨的圣彼得、圣保罗教堂
鼎扛起基督教国教尊位，至高无上
听这千年钟声，洪亮而悠扬

幽深的老城饱经沧桑

那是都市柔软的心房
贴近它，我听到心跳怦怦作响

市中心的双十字架触目惊心
为面包和自由"撕开流血的创伤"
"波兹南风暴"，成了城市扭曲的徽章

密茨凯维奇校园让我亲切
风筝飞舞，汉语琅琅
周游列国的孔子，走进了欧洲课堂

然后，在雕像林立的自由广场
我们举起啤酒杯，斟满阳光
让欢乐和祝福与酒沫一起跳荡

2012年8月15日于波兹南

摇　篮

罗兹电影学院成立于 1948 年，孕育出享誉世界影坛的波兰电影导演，培养了许多杰出的电影大师。这里堪称波兰电影艺术的摇篮。

天地间，安放着这个摇篮
朴实简洁，没有富丽堂皇
陪伴莘莘学子快乐成长

摇啊摇，不停地摇
摇出一串串绚丽多姿的梦想
摇出一只只飞向蓝天的凤凰

没有强权的雨骤风狂
远离尘世的喧嚣动荡
这里只有自由的空气和阳光

在与世隔绝的小岛
在圣洁的艺术殿堂
想说就说，想喊就喊

走过艺术人生的第一站
之后，便泰然地走进聚光灯
便灿然地走向红地毯

总是让影坛惊叹
总是让世界震撼
总是唤醒人类共同的情感

多少个蒙克、瓦伊达、霍夫曼
多少部《钢琴师》、《十诫》、《苦月
亮》
让摇篮一次次焕发光芒

奥斯卡、金棕榈、金熊奖
一个个如囊中之物
袒露的却是艺术家的灵魂和善良

满园撒落了成功的花瓣
罗兹电影学院，艺术的摇篮
请继续摇啊摇
孕育更多的精彩
摇得天天向上

2012年9月1日于罗兹

永恒的心

在华沙圣十字教堂主厅柱廊里，安放着
波兰伟大音乐家弗雷德里克·肖邦的心脏。

在主的怀抱里
睡得这样安宁
所有到这里来的人
都把脚步放得很轻很轻
怕惊醒，一颗疲惫的心

这颗心
曾在异国他乡飘零
那一首首旋律
是这颗心发出的呐喊与呻吟
破碎了，便毫不迟疑
交给故土保存

这颗心啊
从来就没有冷却
坚硬的柱廊也有了体温
即便教堂大厅有些暗淡
人们也会从这颗心脏
带走正直和光明

经历了百年的光阴
这颗心，仍在高处

审视芸芸众生
迎送月落日升
我紧贴这丰碑般的铸件
感受那颗心脏的跳动
我知道，肖邦的心
不会衰竭
一如他的音乐
永恒的鲜活、强劲

2012年9月27日于华沙

中秋月夜

　　中秋之夜,慢步维斯瓦河滩。明月朗朗,
芳草萋萋, 城楼隐现, 满地白霜, 7 个小时
的时差, 故乡亲人可已入梦?

今夜, 维斯瓦河格外安静
我听到河水呼吸的韵律
对岸的古城也扑进河里游泳
难怪挂在城堡上的月亮
被洗得如此明媚洁净

它可是我故乡那轮明月
撩拨我的心儿怦怦跳动
也曾听奶奶月下唠叨嫦娥
也曾登高望月举杯壮吟
月上柳梢, 相约几许黄昏
月移花影, 惊醒一枕幽梦

此刻, 在这异国的中秋之夜
我的心, 为何不安地冲动
一缕剪不断的情愫
借月色, 把7小时光阴拉近
掬起漂着月亮的河水
触摸浸着河水的月亮
我的生命, 我的灵魂
留下深沉摇荡的投影

2012年中秋于华沙

森林的秋季

周日，铁组俱乐部组织秋游，十多个
成员国的公职人员一同来到华沙郊外的森
林里漫步，放松心情。

眼花缭乱的秋季
我们在这里
放飞心情
收获友谊
森林里无数片树叶
深深浅浅，迷迷离离
是一面面形状、颜色各异的彩旗
它们在热烈地挥舞
用不同成色的生命体征
向人类致意
人与人
人与自然
成了一个快快乐乐的整体

来了，俄罗斯、乌克兰、罗马尼亚
来了，乌兹别克斯坦、吉尔吉斯
来了，立陶宛、摩尔多瓦、匈牙利
来了，泱泱华夏的子孙
还有波兰，尽尽地主之谊
森林里，有蘑菇、有松果
有美轮美奂的秋艳

有自由自在的岚气
大自然融化了
所有的隔膜、争逐和猜疑
这个叫"铁组"的组织
27个国家,在维斯瓦河畔
孜孜不倦,论证一个永恒的主题
只有和睦合作、互惠互利
才能在地球村幸福栖息
我们用钢铁的经纬
编织了一张牢固的网
在亚欧大陆
联结南北东西
56个春秋,传输着财富
同时把索菲亚章程传递
所有的"女士"、"先生"
今天,在这色彩斑斓的林子里
热热闹闹,亲亲密密
全都改称"姐妹"、"兄弟"

有多少种肤色,多少位母亲
多少类语言,多少个国籍
就有多少热辣辣的民歌
多少情悠悠的希冀
《我生在西伯利亚》
跃动那细雨打湿的气息
《滔滔的德聂泊尔河》
荡起了心头的涟漪

《一个姑娘在城里》
今天，也来寻找森林的秘密
《小杜鹃》，声声撩人
引来林中鸟儿清脆的鸣啼
还有，《在那遥远的地方》
注释着海内存知己
所有的韵律
所有的词意
都是如此熟悉
天籁之声
不需要任何翻译

在这如诗的大森林
在这如歌的芳草地
我们一道恣意地跳舞
我们一同清爽地呼吸
烈性的伏特加
一杯杯将心灵擦洗
柔情的巧克力
一块块甜透了心脾
我们像秋天的树干一样挺立
我们像秋天的树叶一样靓丽
无论有多少不同颜色的思想
无论有多少不同形状的风姿
但是，我们拥有人类共同的根系

2012年10月20日

黑圣母

琴斯托霍瓦城的亚斯纳古拉修道院，是波兰奉祀圣母玛利亚最重要的天主教圣地。许多来自世界各地的朝圣者来到这里，朝拜的圣物是一幅称作黑圣母的神奇圣像。

千里万里
一路风尘
来这里朝圣
模糊了白天黑夜
忽略了崎岖泥泞
一步步丈量
路有多远，院有多深
一步步求证
情有多专，心有多诚
在亚斯纳古拉修道院
一幅古老的圣像
唤起信徒们火一样的激情

画像中的黑圣母
常见过的好女人
端庄、安详、雍容
能看得到
她怀里的圣婴
能想得到
她心里的众生

明亮的眼睛
是长空深邃的星星
微锁的眉宇
蕴含着悲悯和柔情
只有那两道划痕
刻在圣母的脸上
是那样地触目惊心

至今
还在诉说那段灾难的传闻
1430年的一个黄昏
骄横的蒙古兵
杀了过来
气势汹汹
马蹄驰走了沙石
马尾卷走了流云
居然，想要掳走圣像
圣像啊，只属于这里
即便是轻轻一幅画
也岿然不动
马背上的兵，恼羞成怒了
屠刀挥出弧度
刀口顷刻卷刃
血液从圣像创口中流出
波兰的心被深深刺痛

1655年，多灾多难的波兰

又降下血雨
又刮起腥风
瑞典铁蹄接踵而至
长驱直入，潇潇嘶鸣
华沙、克拉科夫
接连惨遭占领
圣城琴斯托霍瓦
兵临城下
围困重重

夜空里，电闪雷鸣
绝境中，圣母显灵
一道道雪亮的光
是一把把出鞘的剑
城下顿时大乱
失魄丧魂

善良，需要庇护
野蛮，绝不宽容
倚仗圣母的神力
这座修道院、这座城
在战火中完整幸存
卡齐米什，波兰的国王
惊魂始定
摘下头上的王冠
郑重地宣布
黑圣母，波兰的女王
接受永远的崇敬

于是，年复一年
朝圣的人们
如一拨拨的潮水
进了又退
退了又进
涌进礼拜堂
卷上光明顶
以欲飞的姿势
顶礼膜拜
以匍匐的高度
瞻仰神韵
祈天下太平
求灵魂安宁
失明者告别黑暗
残疾人扔掉拐棍
一切都如此神奇
背负苦难的信徒
在这里转运

凭谁问
能抚慰苍生
何不能自保圣身
能驱逐外侮
何不能驱逐123年的噩梦
圣母玛利亚啊！阿门

2012年10月20日

白　鹰

　　白鹰为波兰特有，古老的彼亚特王朝统治波兰时，以白鹰为图号令天下。波兰共和国用头戴王冠的白鹰与红色盾牌构成国徽图案。

霞光下
心系这片蓝天
像白云般灵动
巉岩上
守望这块热土
冰雪般冷峻
长天寥廓
大地溟蒙
天地间，穿过矫健的白鹰

云一样白
雪一样白
洁白的羽翎
吉祥、圣洁、纯净
锐利、顽强、坚韧
融合得如此完美
表现得如此充分
这只鹰啊
以白色作形象的基调
以白色作生命的本真

追逐闪电

呼应雷鸣

在狭缝中寻觅

在悲愤中搏击

在绝望中新生

即便是刀光剑影

也升腾不死的精灵

即便是花好月圆

也飞扬出豪迈的鹏程

比天地更广阔的是胸襟

比风雨更强大的是生命

顶起自由的王冠

扛着战斗的红盾

一起铸成

一个国家的国徽

一个民族的灵魂

波兰，白鹰美丽的家园

白鹰，波兰的神圣象征

2012年11月20日

在诗的王国里

　　波兰是盛产诗的国家，密茨凯维奇、
切斯瓦夫、米沃什、辛波斯卡等波兰诗人
如长空繁星，光辉灿烂。

诗的翅膀与白鹰的翅膀
在长空上一起飞翔
诗的轮子与列车的轮子
在地铁里一起奔放
伴随着美人鱼
诗在维斯瓦河流淌
追逐着梅花鹿
诗在白桦林里游荡
这是诗的王国
这是诗的波兰

在这诗的王国里
我的心与诗时时碰撞
《相遇》，在雨中
我聆听切斯瓦夫
诠释生命与自由的内涵
密茨凯维奇，让我懂得
诗，为什么可以是枪
亚当文学院的库藏
我依稀看到
刀光剑影，硝烟弥漫

米沃什，那位流亡诗人
自称来自"落后的""小地方"
虽躲在《无名的城市》，离井背乡
却始终坚守波兰语作诗
以医疗灵魂的创伤
还有，辛波斯卡
羞涩的女诗人
不爱与陌生人交谈
只会用诗表达
"情窦初开的爱情"
并且喜欢，《用一粒沙观看》

其实，不只是诗人才写诗
哥白尼旋转着地球仪
诗韵冲天，亲吻太阳
居里夫人独居实验室里
诗情绵绵，融入镭光
至于作曲家肖邦
从钢琴的键盘里
流出的都是诗啊
无论是欢快还是悲怆
便是扎科帕内小镇飘的裙子
华沙足球场狂热的叫喊
格但斯克晶莹剔透的琥珀
克拉科夫油彩鲜亮的画廊
以及万众虔诚匍匐
供着黑圣母的教堂

都是诗句
都是乐章

在战火中燃烧
波兰的诗
便是涅槃的凤凰
在城堡里凝固
波兰的诗
便是永恒的雕像
在田野里根植
波兰的诗
便是滋长的高粱
在公园里朗诵
波兰的诗
便是恋人的畅想

信不信由你
反正我相信
在这诗的王国里
诗的温暖
诗的意象
诗的情怀
诗的力量
地久天长

2012年12月20日于华沙

徜徉在诗的国度

　　王勇平在波兰工作期间创作的新诗集《在诗的王国里》由线装书局出版发行，既为他高兴，也由衷羡慕，生发出很多感慨与思考。他远离故土，远离滚滚红尘和风口浪尖的喧嚣，获得了一种释然与宁静的生活，登上了更能发挥智慧才情的事业舞台，也得到了诗神缪斯的垂青。由此想到，一个骨子里浸润着文化因子的人，一个饱含着生活激情与不竭创造力的人，即使走到天涯海角，他也会不断地感悟、思考与创造，并不断地给人带来喜悦。

　　如果说王勇平远赴波兰华沙从事铁路外事工作拓展了他生活的宽度，从诗中恰恰可以看到他视野的广度和思考的厚度。有人说触景生情、感物抒怀是诗萌生的种子，而在异国他乡，在一片属于诗的版图上，诗人用心栽植的这些文学艺术的植物，则会生长得更加葳蕤茁壮。记得在几年前的《诗刊》上读到过一首波兰诗人扎加耶夫斯基的诗，题目叫《一列火车》："一列火车停在一个小站，/ 有一会儿，它纹丝不动。/ 门撞上了，砂砾在脚下碎裂，/ 有人在道别，永远。/……/ 列车又开动了，/ 隐没在雾中，像十九世纪。"那是我印象最深的一首关于铁路的诗，现场感以及寓意与象征，那种时间、道路与生命流逝的意味，令人久久难忘。于此，我想到了远在华沙的王勇平，想到了华沙之南的波兹南火车站，一路向南的钢轨，穿越莽莽俄罗斯和浩大蒙古，联接着他梦绕魂牵的祖国和故乡。这钢轨，同样也承载着诗人王勇平的命运，也是他一条运载着思念的河流，更是他剪不断的一根精神脐带。他借助钢轨将人生的脚步延伸到了远方，让生命呈现出一派别样的风景。

"诗情画意"是人们形容美的极致，我从王勇平的诗中首先欣赏到的就是一帧一帧诗意的人文与自然风景画。这诗意的画面不尽是眼前的风景和镜头中的风景，而是心中风景与二者的交融与辉映。而且，在这种辉映之中生发出一种温暖的光亮，这光亮不仅映亮读者的眼睛，还照亮读者的心灵。从《维斯瓦河畔》到《布拉格的子夜》，从《春到白桦林》到《尼泊伏特湖上的风帆》……仅仅读这些优美的诗名，就是一幅幅赏心悦目的图画。那色彩，那情调，那韵味，久久在心头挥之不去。而从《我们的肖邦》、《那幢小阁楼》、《居里夫人故居》、《最后的骑兵》、《城堡废墟》、《插满十字架的车皮》中，我们都可以会晤一段属于波兰的历史与传说。诗人笔下的风景和历史，并不是画家笔下的风景，也不是历史学家笔下的历史，而是以心灵感悟历史，饱蘸着灵感与想象的油彩绘就的诗篇。

我的思绪跟着诗人的笔，徜徉在诗的国度里。这些饱含真情与深情的诗作，像一面面心灵的镜子，像喀斯普罗威雪峰融化的淙淙清泉，映照出了波兰蔚蓝的天空，也映照出了诗人洁净的心灵。读这些带着情感温度的诗，可以看出，诗人喜欢波兰，喜欢波兰的河流、大地与天空，更景仰在波兰历史的天空中那些灿若星辰的伟大的科学家、艺术家。哥白尼、肖邦、居里夫人、密茨凯维奇、米沃什、辛波斯卡、切斯瓦夫、舒尔茨……在这些伟大的名字和不朽的心灵身旁，诗人心中沉睡的艺术细胞被激活了。正是在这种激情之中，诗人接续上了自己近三十年的诗缘。想到自己学生时代就痴情于诗，想到二十年前自己出版的处女作就是一部诗集，后来又出了两本诗集。想到人到中年，命运之手有如神助，把自己派遣到一个诗的国度里工作，让每天的生活都仿佛成为一首诗……

然而，王勇平的诗没有仅仅停留在对异国风情以诗意之笔的表层描述，他的诗，缘于一个天涯游子对故乡家国的思恋而生发出的宝贵的艺术张力和直抵人心的力量。在《2012·清明》一诗中，我看到了一位在遥远的异国他乡，在教堂的钟声中独酌独吟的中国诗人。在诗行中，诗人顺着《索波特海滨栈桥》的方向，让思念穿越山海，一直走回故乡。诗人缘着诗行的小径，在维斯瓦河畔的徜徉中寻觅湘江、珠江的波浪。可以说，王勇平的诗，总有一根情感的丝线，牵扯着对祖国的思念和热爱。剪不断，理还乱，看似闲云孤鹤，却总是万般心绪上心头。我仿佛看到，在《华沙街头的汉字》中，作为书法家的王勇平在异国他乡看见汉字匾额的惊喜……我们仿佛看见，在布拉格无数个不眠之夜，诗人王勇平"总是站在窗口／朝东方痴痴地眺望"。

王勇平的诗，清新温暖，朗朗上口，情景交

融，富有张力。更为难能可贵的是，顺着这些"台阶"步步深入，我发现其中的深刻与内涵、象征和寓意。说到底，这也是一个诗人真正称其为诗人的根本标志。他在离别故国的深情《回望》中如此写道："生活永远不会冷却 / 只要心里装着太阳 / 苦涩的咖啡是另一种芳香 / 何况，可以加入甜甜的方糖。"轻松中的哲思，仿佛信手拈来，却让人难以忘怀。在《低下高贵的头》一诗的题记中，他发现波兰土地上众多的人物雕塑，无不保持低着头的姿势："无论是开国君主还是普通士兵 / 他们无一例外都低垂着头……真正的斗士无须摆弄姿势 / 严酷的考验在于直面低潮 / 只要每个细胞都硬如岩石 / 低头也能气吞云霄。"多么朴素又独到的发现！读到这里，我忽然想起西班牙诗人洛尔迦的诗《低着头》，"思想在高飞，我低着头，/ 在慢慢地走，慢慢地走"。是啊，真正的自信与深沉，真正的勇士，真正的思想者与智者，大都是"微微低着头"的啊！

　　深夜走笔，北京长安街璀璨的灯光有一种直入心灵的圣洁感。一场春雪刚刚止歇，早春清新的空气裹挟着深刻的凛冽。踱步窗前，沉思良久。波兰是一个不屈服的国度，华沙乃涅槃重生之城。因为报复华沙起义，这里曾经被希特勒的罪恶之手夷为平地，战后重建时华沙人民坚定地选择了复原老城。同样，从不向磨难屈服的王勇平，也正是在这里，得以重建自己精神的圣殿。在这诗的城堡中，我目睹了饱含他真挚情愫的一砖一瓦。他是一个孤独者，在转换的现实中找到了久违的自己，他在生活的变迁中获得了一种高贵的孤独与自信。诺贝尔文学奖得主、意大利诗人夸西莫多就认为诗诞生于孤独，并从孤独出发，向各个方向辐射。在王勇平的诗中，我感受到了他这种孤独，也慢慢地看见了他冷静的思考与感悟后的结晶，也感到这种曳带着生命之光的"诗的辐射"。

我从诗友的随笔中得知，就在前些日子，位于华沙的密茨凯维奇文学博物馆举办了主题为"转换的现实"的美术展览，可与卡夫卡比肩的艺术天才舒尔茨以及同代艺术家们的作品都强烈地表达着这样的主题，那就是从转换的现实中寻找意义。由此我想到了舒尔茨的一句至理名言，"现实的本质是意义或意识。对我们来说，缺少意义的东西是不现实的"。而王勇平也正是在生活转换的现实中找寻到了生命的某种意义。"鸟语也轻 / 风过也静 / 整个公园都装不下 / 一对聋哑恋人的纯情"（《聋哑恋人》）、"我相信鲜花中的仁爱 / 我深谙泥土中的情怀 / 我祈祷这鸽子起舞的蓝天 / 不会再有横祸飞来"（《犹太区英雄纪念碑前》）。还有《马车夫的故事》、《卖奶酪的老太》《羞涩的女诗人》《信任》等诗中，都能感觉到诗人在对生活转换视角后的感悟与发现……是的，从哥白尼的"那幢小阁楼"里，诗人"听着阳光的声音 / 踏过历史的苔藓"看到了"从神学中解放出来的 / 自然科学的春天"；从《我们的肖邦》中，我们不仅听到了天籁般优美的旋律，还仿佛听到了克拉科夫郊外圣十字教堂主厅柱廊里，那颗属于艺术之神的永恒的心仍在跳动。

一口气读完这部诗稿，我认为他最感人的那首《视频中的母亲》依然是转换了生活场景后的收获。因为想看见远在万里之外的儿子，他八十多岁的母亲学会了视频，"忽然，母亲伸出颤抖的手指 / 梦幻般地触摸着视频 / 她没有摸到自己的儿子 / 我却沐浴到了徐徐春风"。这是笔者读到过的作品中，反映母子情深的最感人肺腑的一首诗。的确，万里之遥，视频画面中的母亲和儿子都在不易觉察中转换了视角，于是，情感与思念也随之生发出了更强烈的感染力与穿透力。

如果用一个意象来比喻他的诗，我想到了"湖"这个字。湖的谦逊、内敛、纯净，湖的鸢飞鱼跃、岸芷汀兰、云淡风轻，想必都是他喜欢的。我想，这"思想之湖"的魅力更多的在于内在而深沉的力量吧。的确，作为与他相知相契的诗友和书友，我也是喜欢湖的，且喜欢把"湖"分开来看：在水边，看见古时的月亮。有机会也总是爱到湖边走走，我觉得湖边散步最适合思考与遐想。我以为，诗人笔下的维斯瓦河波浪，实际上是诗人心湖的浪波和荡漾的涟漪。

最后我想说，这些诗，在字词的间隙中，都蕴含着一种令人温暖的激情和力量。有文友说，一个人的诗文就是呈现在纸上的自己，字里行间都像镜子一样呈现着对生活和世界的理解与感知。诗人多年从事铁路宣传文化的领导工作，节奏之快，时间之紧，压力之大，是常人难以想象的。文学艺术对他来说可能不仅是陶冶性情的文化修为，更是一种抒发感情、排遣压力的渠道和方式，张弛之间，工作与艺术不仅没有掣肘之苦，而是达成了默契的互补与慰藉。诗人以持久的激情和旺盛的精力从事着热爱的事业，总是把困难和压力当成磨砺意志的机会。他不仅没有因工作的紧张繁忙而冷落了艺术追求，而是把事业追求中对人生的历练，转化成为艺术的营养。同时，通过艺术的熏陶，更多地懂得了怎样去艺术性地开展工作，真正做到了工作让艺术拥有灵感，艺术使工作平添魅力。

行文至此，忽然想起那年春天，《诗刊》等单位在京联合举办首届"书法写新诗"展览，他的书法作品书写的是著名诗人艾青的名作《我爱这土地》："为什么我的眼里常含泪水／因为我对这土地爱得深沉……"这也正是他对祖国之爱、事业之爱、艺术之爱的生动诠释。

李木马
2013 年初春写于北京雪夜